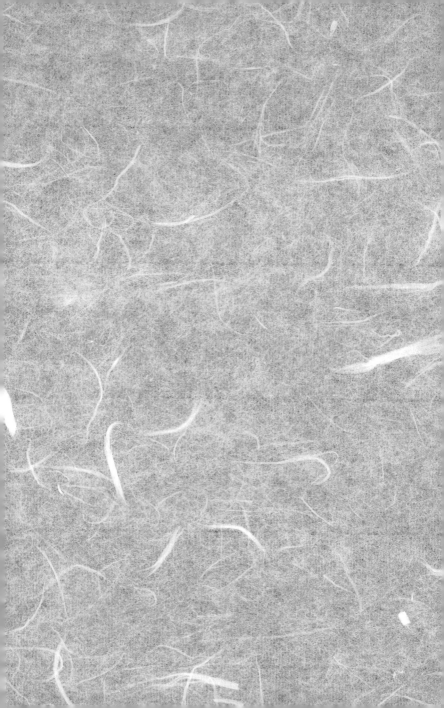

歌集

大和まほろば

松森重博

国のまほろば

上野　誠

大和の人は、「まほろば」という言葉をこよなく愛す。「ま」は、ほんとうに、「ほ」は秀でたものをいう言葉だ。「ろ」と「ば」は、難しいが、接尾辞の一つで、ひとつの場所を表すとみてよい。だから、「まほろば」とは、国や地域のなかでも、よいところだ、という意味になるのである。したがって、本歌集は、大和人、奈良人である松森さんが、大和のよきところを歌った歌集ということになろう。

松森さんは、奈良の素封家の家に育ち、家業を発展させた実業家であるが、その活動は、常に十年後、二十年後の奈良を見つめて、にぎわいをどう作るのか、というところにあった。

その松森さんが、歌集を出すという。私は、新聞紙上で松森さんの短歌を読んでいたから驚かなかったが、ゲラを見て、胸が熱くなった。オール大和、大和応援歌なのだ。しかし、声高に語らないところが松森流だと思う。

ようやくに願いのかない修二会にて局《つぼね》の中に声明を聞く

などは、その代表詠であろう。地元の人でも、局での声明聴聞を許されることは珍しい。その喜びが「ようやくに」に込められている。「ようやくに」のなかに、これだけの情報量が詰まっているのだ。また、こんな一首もある。

無残にも芝生荒れたる奈良公園イノシシ来たりて掘りし跡らし

奈良公園では、イノシシが増えてさまざまな問題が起りつつある。それを憂うる心が作者にあればこそ、なるほど、ここがイノシシが掘った跡かぁ……と、「イノシシ来たりて掘りし跡らし」と発想されるのである。「らし」は、根拠ある推定を表す助動詞で、そのことを推定して確信した気持ちを表しているのだ、と思う。

寒風を突きぬけ走る奈良マラソン友の勇姿に元気湧き出る

同じマラソンでも、わが奈良のわが奈良マラソン、そしてわが友も出ているというのだから、「元気湧き出る」はずである。季節と奈良という場所と友が一体となっての表現である。平易だが、うまい！　いや、平易だからこそうまい、と思う。

歌を作るということは、容易なことではない。まず、出逢いが必要である。恩師小谷稔先生との出逢い。出版社との出逢い。そして、なによりも、よき友との出逢いがなくてはならない。そしてなによりも、歌の舞台がなくてはならない。

その舞台が、松森さんにとっては、ふるさと「奈良」「大和まほろば」だったのである。「大和のまほろば」の舞台を得た松森さんの歌集の上梓に、杯を捧げたく存じます。

奈良大学文学部教授

目次

平成三十一年・令和元年（二〇一九年）

歌集　大和まほろば

小谷稔先生との再会　平成二十一年（二〇〇九年）

わが奈良の「もてなし」謳う黄の幟しみじみ見つと旧師のメール

小谷先生の評
松森詠、奈良の街角にたつ「しみじみと感じる奈良のおもてなし」というのぼりが商店街振興に努める標語の作者の歌。古都にふさわしい標語が復活させた旧師との交わり。

天高き秋のシルバーウィークぞ奈良に来る人まちにあふれて

名月にひときわ高く興福寺の塔照らさるるわが町ぞ良き

阿修羅像も正倉院も天平の代より時超え人々を待つ

商店街の振興願いわが町に視察の増えて忙しうれし

小谷先生の評
商店街の振興にはどこも苦労しているが松森詠の奈良の商店街は全国から視察を受けて多忙とはうれしい成果を上げている。

新しき手帳

新しき白き手帳を手にとりて何をすべきか何に挑むか

小谷先生の評
松森詠の「新しき白き手帳」は新しい年の活動を待つ新雪のような世界力強い足跡を期待する。

「旅万葉」旅人いざなう絵電車が大和路走る師走彩り

小谷先生の評
松森詠の「旅万葉」の絵電車は十一月三十日から桜井線、和歌山線で運転開始。師走の大和路の活性化をたたえる。

平城遷都千三百年　大極殿

平成二十二年（二〇一〇年）

大極殿の空高く下弦の月ありて東《ひんがし》の山かぎろいの立つ

大の字に雪残りたる高円《たかまど》の山おだやかに奈良の年明け

三輪山に友らと登り祈ることそれぞれなれど皆同じ年

病得て同窓の旅に不参加の友に葉書の寄せ書き送る

幼稚園より高校までを同窓の友は「お水取り」さなかに逝きぬ

有山すがさん

友しのぶ会に多くの友からのメール届きて悲しみ募る

奈良の札の辻あたり

三条通りともちいどの通りの交差するあたりに橋本町御高札場
があり復元されている

「夢ＣＵＢＥ」生まれて三年古都奈良のまちのにぎわい更に求めん

奈良県の里程元標檜《ひのき》の香も清しく三条通に復元す

猿沢池に遷都を祝う竜頭船若き船頭はわが友の子ぞ

ガン無しと検診受けしその夜に蛍を見んと友誘いくる

小谷先生の評
松森詠はガンの無い喜びに蛍を見に行く二重の喜び

天平の甦るごと菩提僊那《ぼだいせんな》の行道《ぎょうどう》すすむ三条通を

菩提僊那は東大寺大仏様を開眼した渡来僧

燈花会

ろうそくの万の灯ゆるる燈花会の片隅に在りボランティアの汗

年末の奈良マラソンは百日後駅頭に立ちチラシ配りぬ

管弦船にかがり火持ちて猿沢の池をめぐりぬ采女しのびて

東京にて視る東大寺の特別展重源上人像尊くまぶし

五十年前の文集のわれと友十代の日々の感性もどれ

走る友応援する友おたがいに奈良マラソンで元気をもらう　丸山政憲さん

小谷先生の評
松森詠は去る十二月五日の奈良マラソン。走る友も応援する友
も健在な羨ましいグループである。

わらべ唄　平成二十三年（二〇一一年）

町かどに集まる子らのわらべ唄久々に聞く声のなつかし

子宝草の写真友より送り来ぬたくましめでたし子どもら増えよ

奈良検定三年ぶりに受験して再認識する奈良の深さを　一級合格

久々に九州の友と再会し商店街振興たがいに語る

大型店は増え過ぎしようやく減り行く代に入りしとの報

若き人

若き人の知恵にて商店街と世界遺産の祭のビデオ完成したり

「奈良っておもろいやん」と言う若者増えてたのもしもっとつながれ

百年を超ゆる母校の子供らの歌声響かせはつらつと踊る　奈良女子大附属小学校

車から折りたたみ自転車に乗り替えて走る初めての五條の町を

「佐保川の桜がつなぐ人と人」テーマ「絆」の標語掲げる

東日本大震災

デフレなるに更に自粛は何になる復興念じ日本頑張れ

震災後電気も食も八分目我が人生もゆっくり歩む

幼な子が歌に合わせて踊り出し震災支援のコンサート開く

もちいどの

アプレ・ゲールならぬアプレ・フクシマと注目すフランス国営放送は
「がんばる」に新しき字の宛てられて「顔晴る」と書く顔晴れ晴れと

『かぎろひの大和路』

若き日の友らと共に地域誌に載りたる写真にブログで出会う

宇治川の水嵩増えゆく五月雨の深き朝もや衝きて出張す

奈良町の古き銭湯閉じられて煙突無事に解体されぬ

伝香寺はだか地蔵を拝むとき園児らの声明るく聞こゆ

「十年後の中心街」の応募の文旨で思案す奈良の未来を

会津八一

ネットにて会いし会津八一の研究家奈良に来られて対面うれし　池内力さん

赤子背に働くおみな多かりき今日蕎麦屋にて久々に見る

古墳脇に戦没者らのモニュメント数多の中に叔父の名のあり　巣山古墳

アメリカにドイツに我の友ありて女子サッカーにメールとびかう　W杯

プールにて水泳クラブの同窓会少年の日の青空仰ぐ　附水会

明日香路

なつかしき日本の良さを大切にと安野光雅明日香路描く

北円堂また談山神社の霊域に防空壕が掘り出されたり

東京の「奈良まほろば館」は話題呼びわが古都の情報伝え賑わう

街なかのわが店の中スズムシの声の響きて皆足止める

マンションの計画多き古都奈良の三条通りに変化が迫る

災害

原爆を落とされし日本が原発の事故大国になれるはなぜか

台風の吉野を襲い総雨量わが背丈より高くなりたり

被災地の仙台フィルの弦ふたり今宵奈良町に熱く奏でる

「週五日営業再開」被災地の友から届く再起の手紙　宮城県石巻市

各停のゆっくり走るローカル線時を追うなと諭すがごとし

日光菩薩・月光菩薩

東大寺ミュージアムにて再会す日光菩薩月光菩薩に

たすき掛け町中ガイドの初体験スタンプラリーのポイントたどる

友の彫る伝教大師完成し出展の日を楽しみに待つ　服部正博さん

東京の用をすませて静かなる奈良へと潜るタイムトンネル

小谷先生を囲み同窓の四人にて短歌につながり楽しき集い

まちづくり会社　平成二十四年（二〇一二年）

新春にまちづくり会社スタートし期待ふくらむ未来の奈良に

古き街を活性化せん商店街の希いに「まちづくり奈良」誕生す

東日本大震災から満一年

起業家の新しき施設の名が決まり「きらっ都奈良」へ若者来たれ

歳若きタウンマネージャーに期待寄すこの奈良の町さらに良くなれ

多賀城の米にて造る奈良の酒「遠《とお》の朝廷《みかど》」と名づけて支援す

小谷先生の評
松森詠の「遠の朝廷」万葉集にある言葉で「とおのみかど」と読む。
命名も良いがなんと粋な支援か。

多賀城に登りて広く見はるかす大地震の後に立ち直る町

旧師よりの『あとはよろしく』のエッセイ集「次もよろしく」と返事を送る

僅　はじめさん

ひと回り先ゆく旧師のエッセイ集「齢」と「老い」を教えてくれる

古事記など神話ばかりと読まざりき戦後の教育受けし我らは

奈良まほろばソムリエ検定

六年目奈良検定のソムリエにようやく合格これがスタート

わが奈良の神武東征碑訪ねたり春寒き菟田《うだ》の高倉の山に

氷室社《ひむろしゃ》のしだれ桜の傍らに白くかがよう木蓮の花

満開の花の下にて商店街四つ集まり夜桜の宴

桜よりハナミズキへと花移り三条通り今は新緑

からくりおもちゃ館

からくりの江戸や明治のおもちゃ館いま奈良町の民家に開く

亡き父の友より問わる「やまと歌壇」の君は松森さんの子息なるかと

日本との時差ありありとアメリカの友より金環食のメールの届く

林由紀子さん

一万人が奈良マラソンに申し込み募集のその日に満員となる

友の練る奈良町の夏のイベントは坂道生かす流し素麺　臼井基雄さん

大和三山

とりよろう大和三山踏破して宮跡に花を鳥を楽しむ　藤原宮跡

二上山を仰ぎ三輪山返り見て遷都の道を友らと歩く　下ツ道

紅葉の橘寺に建つ歌碑の会津八一に俗気のあらず

田を起こすトラクターの音響きくる太安万侶祀れる神社に

自分史

父逝きしあとの自分史綴れとの旧師のすすめにわれペンを執る　小谷先生

家業を継ぎてより我の代の三十年振り返りつつ自分史を書く

過ぎ去りし三十年を振り返り文をつづれば心新し

六十年つらつら書きし「年表」は忘れしことも思い出させる

六冊も会津八一の本とどく「鹿鳴人」とブログに名乗れば　服部正博さんより

「まつにみどり」と斑鳩を詠む八一の歌碑町制六十五年の町かどに建つ

友のみ子の陶芸展を訪ぬればほんのり安らぐ大皿のあり

十月一日「きらっ都・奈良」がオープンす新聞ラジオにＰＲ重ね

この奈良の魅力溢れるまちづくり核となる施設の旗揚げを待つ
ビブレ跡を期待して

病める友亡き友あれど還暦後すこやかに同窓会に集いたる幸

レクイエム

レクイエム歌う舞台の我を見て高校生のようと旧師のメール　吉岡一郎先生

まほろばのソムリエガイドと共に行く黄金田まぶしき山の辺の道

窓に映え紅葉明るきハナミズキ今年の冬は早く来るらし

山城との国境いなる野を歩く元明元正天皇陵へ

松本の街にてきびしき商いの研修会に夜の更け行く

百撰会

手力雄《たぢから》の社の椋《むく》の大木の落ち葉集めて祭りの支度す　橋本町

いやしけ吉事　平成二十五年（二〇一三年）

家持の「いやしけ吉事」を枕としわが社の集いに挨拶をしぬ

桜井より若草山の火の見えしと友より望遠写真の届く　若草山焼き

滅びゆく名画のごとく言う奈良を滅ぼすなかれ永遠《とわ》の都ぞ

小谷先生の評
松森詠、「滅びゆく名画」とは名比喩だが、作者は奈良まち活性化に奔走している。

亡き父

戯れに道具取り出し新聞紙に亡き父真似て筆にて遊ぶ

来し方を振り返りつつ前の山めざしゆっくり足を進めん

「今どきの若者は」などというセリフ返上したい未来は彼ら

ほとばしる熱き思いをこの歌にこめたきものよ若さ忘れず

ならまちのみ寺の朝のお勤めの瞑想《めいそう》の中鳥の声聞く　十輪院

日本の四季

十二曲の日本の四季のメドレーを我もコーラスに一気に歌う　奈良市民合唱団

モノクロまたセピア色せる写真でも若き日は心豊かにありし

父逝きし齢に近づき健康を気遣いさらに年を重ねん

わが街も新鮮に見ゆ夜の花火に五重塔のシルエットなす

安万侶を祀る神社を遠くより松を近景に写真を撮りぬ

瑠璃絵

透き通る冬の夕べの奈良公園を光瞬く瑠璃絵イベント

やっぱりかホテルは建たずマンションになるか駅近きビブレの跡は　小西通り

高校の後輩に言葉贈らんと思案すればいつしか我も十八

枝垂れ桜咲き始めるときに出会いたり大仏鉄道記念公園　法蓮町

若き日の寒き花見の酒の宴昨日のごとく友と語りぬ　南都まほろば会

奈良奉行　川路聖謨《かわじとしあきら》

幕末に桜増やしし川路奉行その碑の傍に楊貴妃桜　五十二段の上

桜咲く仏の園の興福寺会津八一の歌碑の上にも　興福寺本坊前

古書店で思わぬ本の一冊に出会いて学生の日のよみがえる

幼き日ターザンごっこに興じたる南円堂に藤の花咲く

わが祖の遺品のなかに初代知事税所《さいしょ》篤志《あつし》の礼状のあり

竹内街道

千四百年を祝う幟の竹内街道最古の官道いま若葉なり

麦熟《う》るる傍らの田に水張られ新緑の季節力みなぎる

寺に街に奏でる楽の響きあり古都活き活きとムジークフェスト

二階席の友の笑顔がステージより見えて満席の『第九』コンサート

濃紺のリボンの色の表紙にて吾らの母校の百年史とどく

百日紅

あおによし奈良にも祇園社ありと聞き参ればあたかも百日紅《さるすべり》咲く

宮跡のツバメの塒《ねぐら》入り見んと友ら集いてミニ同窓会　平城宮跡

暑を避けし博物館にみ仏らみな涼しげに笑みておわせり

菟田野《うだの》なる廃校跡地に色づきぬ世界より集めし楓《かえで》三千本

十津川の復興支援のイベントに「まんとくん」たちユルキャラ踊る

海越えて

夕暮れのマジックアワーにわが遭《あ》いぬベトナムの空港に飛行機を待つ時

日没後マジックアワーがあるというわが残生にも欲しと思いぬ

海越えて日本を学べと韓国の商店街の一行来たる

ジャマイカにシニア協力隊で二年行く友の意気清《すが》し健闘祈る

木原忠興さん

ハワイの友のわれの歌への温かき声援届く深夜のメールに

奈良の町

次々と奈良から無くなるものがある映画館銭湯小さなスーパー

心掛け忘るなということ早朝に地震襲いて春眠やぶる

まちづくりの専門家を前に奈良の町の振興語るわが高ぶりて

わが町の商店街を学術書に紹介せんと女子学生言う　南愛さん

毎日のブログ綴りて八年余り奈良は行事と魅力にあふる　「鹿鳴人のつぶやき」

住まい

父母が住みいし家に息子らが住まんと言うは我らの喜び

青畳にはしゃぎて跳ねて寝ころびて新しき家に孫の喜ぶ

言葉遅き孫も二歳でしゃべり出し一言ひとこと笑いを誘う

ふたり目の孫が生まれぬ新緑の奈良公園に仔鹿も生まれて

水泳部の我が孫なるに風呂の湯を拒みてやまず三月を経ても

わが息子をライバルのごと思いしが奈良に帰りて今同志なり

大和路

伊勢路より大和に入るわが電車両側の窓に青葉の迫る

鈴なりの梅の枝叩き落とすときしばらく少年の日に戻りたり

マスコミの先導ゆえかムードなのか選挙結果の揺れの激しく　参議院議員選挙

水泳の銀メダリストの女子選手肉食系なるをめずらしと見る

室生の宿に右手麻痺せし土門拳左手に書きし強き字遺す　橋本屋旅館

旅先にて

高崎に工場長の友ありて共に文明記念館訪う　藤田育男さん

歌の縁に訪える文明記念館榛名山見ゆ古墳の彼方に

金沢の裏通りなる「せせらぎ」という名の町に犀川流る

学生に混じりてめぐる大学祭喧騒の町さながらにあり

富士山にゴミ捨つるなと中国語に大きく書かる忍野八海《おしのはっかい》

大注連縄《おおしめなわ》

転害門《てがいもん》に大注連縄を掛け換えて北町の農ら祭りを待てり

二階まで梢《こずえ》の届くハナミズキ赤く実の成り青空に照る

国交樹立四十年のベトナムの楽鳴りひびく大仏殿に　東大寺

水煙の天つ乙女ら舞い降りて吹く横笛の凍れる調べ　薬師寺東塔解体修理

野迫川村《のせがわむら》

雨上がり深き峡《かい》より雲の湧く野迫川村に猪鍋《ししなべ》かこむ

観しばかりの宝物を図録に振り返る正倉院展余韻の尽きず

実りたる稲田に並びコスモスの広く咲けるはわが友の畑　奥田陽子さん

高々と皇帝ダリアの咲き誇る小春日和の山の辺の道

はじめての衛星中継にケネディの暗殺知りてはや五十年

大雪の朝　　平成二十六年（二〇一四年）

奈良の町に大雪降りて登山靴に履き替え歩く雪国のごと

工事終えＬＥＤ灯る商店街行く人々を明るく照らす　もちいどのセンター街

通販は町の店ゼロをめざすとぞ便利の先に荒廃あらん

ニューヨークにＮＡＲＡのＰＲに来ていると友より遥かなメールの届く

沢井啓祐さん

奈良公園散策

東大寺戒壇院の栴檀《せんだん》の実の黄に光り修二会《しゅにえ》の近し

日常のかくも近くに声明《しょうみょう》が修二会の暗き堂より響く

二月堂の良弁杉《ろうべんすぎ》が倒れしより我が住む奈良に台風は来ず　第二室戸台風

氷室社の枝垂れ桜をめでる声見れば周りに異国の人充つ

奈良坂の陰に佇《たたず》む「夕日地蔵」春の小雨におとがい濡らす

春日参道万灯篭《まんとうろう》を熱心に異国の人見る雨に濡れつつ

寅さんの「男はつらいよ」の第一作に我が暮らしいる奈良が映さる

大和路散策

古代米濁れる酒にアワビ食べ我らもしばし飛鳥の貴人

小谷先生の評
松森詠、古都奈良にこだわったメニューがゆかしい。飛鳥朝の
貴人の食味はいかがですか。

酒船石の丘を登ればどこからか沈丁花香る風の吹き来る

高校の遠足の道を友と行き談山神社より明日香に下る

与儀山《よぎさん》の天満宮に今日拝む神像はかつて奈良博で見し

吉野川「椿の渡し」のほど近く文楽ゆかりの権太《ごんた》の墓あり

二万歩を歩きし翌日の足痛しされど次には三山踏まん

携帯の万歩計機能が知らぬ間にわれわれの歩数を数えはじめぬ

自営業のわれもスケジュール少し緩めゆったりと時を過ごさんと思う

蒸気機関車

C62蒸気機関車の動輪のそばにて待てり旧き友らを　新橋駅前広場

雨の中東京駅のかたわらの城跡にあまた紫陽花咲けり

声と声心と心人と人合わせ歌い来ぬこの五十年　東京アカデミー合唱団

眼をつむり指をしっかり握りしむる写真の胎児は女の子らし　エコーの画像

スピーチに吉野弘の「祝婚歌」若くはばたく二人に贈る

映画館なき奈良の町毎月のシネマテークに出掛け楽しむ　移動映画館

被災せし野迫川村の高野槙《こうやまき》我が商店街のチャリティに並ぶ

日本酒や澱粉減らす減量法に七キロ痩せぬひと夏過ぎて

七キロ痩せ服にズボンに靴もまたかつての物を再び使う

会津八一の歌碑

わが待ちし会津八一の歌碑建ちぬ法隆寺西院の紅葉に映えて

飲むうちに日が暮れんとす奈良好きの姫路の友と話弾みて

折にふれ会津八一の歌碑めぐるありがたきかな奈良に住むわれ

正岡子規

古書店で子規の歌集を見つけたり師を見習いて子規に親しむ

明治二十八年奈良に子規来て柿食みし対山楼跡に「子規の庭」あり

子規の詠む柿とは奈良の御所柿にてうましと言えば我も食べたし

古事記

『古事記』にも政権の理念にじむとの解説読みて展示見巡る

こまやかな歌を詠みたる田村君今朝は陽ささずと遺して逝きぬ　田村英一さん

「選者の一首」をメールにてきょうも遠くの友らに送る　毎日新聞やまと歌壇

秋彼岸タイムスリップの同窓会わが歌詠むは意外と言わる

緑濃き奈良公園に緋の絨毯《じゅうたん》しきて国際映画祭始む

後輩の高校生のインタビュー受ければ遥けし我が十七歳

一枚の紙ありがたし思いつきし言葉いくつか書き留めたり

奈良の町を赤き貴人の衣着ておん祭にて年の瀬歩む　大宿所詣

新春　　平成二十七年（二〇十五年）

今年また千年の楠の幹に触れん奈良豆比古神社《ならずひこじんじゃ》を皆で訪ねる

新春の生駒聖天お参りす参道凍てつく雪の翌朝

ならまちの古き屋敷が甦り慣れぬ正客でお茶をいただく　にぎわいの家

水門町入江旧居が古都奈良の散策拠点になる日の近し　写真家　入江泰吉旧居

起業せんと熱弁振るう若き人かくもありたし再び我も

ようやくに願いのかない修二会にて局《つぼね》の中に声明を聞く

飛火野

飛火野に榊《さかき》の苗を植樹せり春日大社の造替の春

吉野山桜の道にゆくりなくわが亡き母の友と会いたり

昭和の日に友らと集うわが母校プール変らず青く澄みたり　柳汀会

感謝こめムジークフェストで我らまた歌ってみようよ歓喜の歌を

車窓には光輝く水張田《みはりだ》の湛《たた》えすがしく力みなぎる

茶山

緑濃き和束《わづか》を走りて信楽《しがらき》へ連なる茶山の車窓に清し

ハルカスより亀の瀬越しに遙か遠く霞める山は吉野か宇陀か
大阪あべのハルカス展望台より

昼下がり「奈良きたまち」のイベントにベルギー産のビール味わう

雨の奈良が良いと写真に撮る人に倣《なら》いて梅雨の公園歩く

二十五メートルかくも長きか還暦を過ぎて夢中に背泳ぎをする

飛沫浴び神の在《いま》せる那智の滝台風過ぎて水量豊か

那智の滝をバックに戦死せし叔父の祖父と並べる写真遺れり

奈良の秋「まちなかバル」に新しき店との出会い人との出会い

鉢植えのトウモロコシの高く伸び妻と並ぶを写真に撮りぬ

春日社の檜皮《ひわだ》運びのお渡りの埃に我れの靴白くなる

小谷先生命名「後期青年期」

我が歌を評し下さる小谷先生「他人の歌読め」「字は丁寧に」

定年後は自由な「後期青年期」歌に放てと師は宣《のた》まえり

合唱でベートーベン歌い試合にて背泳ぎをする「後期青年期」我は

一年に一度の秘仏公開日大元帥明王像《だいげんすいみょうおうぞう》初めて仰ぐ　秋篠寺

雲ひとつなき秋空を背景に五重塔の写真を撮りぬ

修理終えし正倉院の屋根瓦紅葉の中に高く光れり

マタイ受難曲

若き日に歌いしマタイ受難曲四十年経ち今し聴きいる

若き日に暮らしし東京になつかしき友が集いて語るひと時

にぎやかな早稲田大学キャンパスに八一の日吉館展今開かれぬ

二万歩に少し足りぬが二日間歩きめぐりぬ東京の町を

君たちの子供でありて我々の孫でもあるよ健やかにあれ

ジャズ

久しぶりに聞くジャズの歌に若き日を思い出しつつしばし楽しむ

心臓に脳またガン検診も無事我はまだまだこれからにして

奈良の地に生まれ育ちて住み継ぐは恵まれしこととつくづく思う

もう一度登りたきもの興福寺五重塔の最上階に

スリランカ

奈良からは遠くにあれどスリランカ思わぬ人のつながりのあり
サマン・ペレサさん

シーギリアの急なる階段登り行き宮殿跡より天空を見る

岩山を彫りぬきし釈迦の涅槃像スリランカの世界遺産となりぬ

春日野

歩ききて奈良の魅力をさらに知る新緑の春日野に藤の花咲く

肺ガン病み六年余りに友逝きぬ会社を共に起こしたる友

園部敏之さん

星空の奈良公園の映画会寒さこらえて「銀河鉄道」見る

会議後に赤ワイン飲み我が友が機嫌良く語りしは六日前なり

岡本正一郎さん

朗らかな笑顔を残し君逝きぬ幼き頃より良く遊びたり

春日奥山

静けさに祈りの言葉響きおり春日奥山頂きの宮

「いらない」と拒絶の言葉を覚えたる孫娘今日二歳になりぬ

紫陽花を好みし母の墓磨く幼き孫ら力合わせて

高校のキャンプで行きし大台ケ原を五十年ぶりに友らと歩く

うっすらと六十年安保を思いだす反対の中の強行採決

「奈良市の昭和」

幼き日の「奈良市の昭和」の写真集わが店あたり表紙を飾る

朝顔が小さく咲けりわが庭に街の通りでもらいし種よ

三陸の「福幸きらり商店街」小学生が名づけしと言う

岩手県大槌町　駒二三男さんらと訪ねて

うれしさが大きいほどに失えば悲しみ多しと僧の友言う

橋本純信さん

G線上のアリア

「G線上のアリア」の響く年の暮れ奈良フィル育てし君は逝きたり　全良雄さん

天平のお渡り行列に我が友が今年も華やかな天皇役なり

同級の友らと二万歩あるきたり和邇族ゆかりの古墳目指して

寒風を突きぬけ走る奈良マラソン友の勇姿に元気湧き出る

初売り　平成二十八年（二〇一六年）

初売りの商店街で甘酒やあめ湯ふるまい年の始まる　もちいどのセンター街

モノクロの奈良の映画は子どもらと大仏様の戦後を映す

二月堂に近づけずしてお松明《たいまつ》を大仏様のそばより眺む

マンサクは「ひらめき」という花言葉春を告げんと咲きはじめたり

昨年の秋は別れの酒だったのか谷善之君帰らぬ人に

水泳部青年会議所音楽の会を共に励みぬこの五十年

わが家の建具すべてを作りたる谷君無念病いに逝きぬ

「桜愛で変らぬ奈良の良さを知る」

はや桜咲く氷室社の古き池にオタマジャクシも泳ぎ始めぬ

もちいどの商店街の「ならまち」の看板良しと表彰うける

県・なら景観調和広告賞

唐古池に楼閣ひかり桜木も今咲き誇る水面に映えて

唐古鍵遺跡

旅先に会津八一の墨蹟集見つけ重きを提げて帰りぬ

国中《くんなか》の江戸期の中家住宅の萱葺《かやふ》き直し家中涼し　安堵町

春日大社

春日社の国宝殿の入口に真暗闇の神域があり

春日社を鎌倉期より守りたる獅子と狛犬玉眼光る

夏逝きて神戻られし改修の社に町のわれら詣でぬ

満月の昇る春日山を背景に采女しのびて管弦船行く

商店街の歌

若き友は商店街をツバメ飛ぶ歌を作りて明るく歌う　氷置晋さん

古都奈良の商店街に青竹の流しそうめん人を集むる　下御門商店街

秋の連休人出の多き商店街我も汗かき店番をする

店に入り来たりて無言にモノ買うをレジにて知りぬ異国の人と

宮跡にひときわ高くクレーン伸び国営公園整備の進む

全国の陶器店組合の理事長を十年無事に務め終えたり　趣味の百撰会

若き日に陶器問屋に修業せし友と集えばはや四十年　アイトー

若き日に食べしトンカツ大井町にいまも変わらぬ味を伝うる

「平和への道程」の歌身に沁みぬアカデミー合唱団演奏会に

東京で春日大社の駅弁を探し求めて「のぞみ」にて食う

法事

父の三十三回忌の頃孫男子生まれて甥の大学にいく

この秋も母の里より熟し柿あまた届けり仏壇に供う

人逝きて年忌に人を呼び寄せるはこれも人のもつ力と知れり

鳥取県境港へ

時移り人の代わりて新しく生まれ来る子ら力をくれる

顔合わせ人と人とがまみえるがひとつの力明日への力

古都奈良

病癒え奈良公園を散歩する友が語りぬ「歩くは楽し」　中辻良仁さん

来年の若草山の山焼きをわがビルで見ん友らを誘う

古都奈良は冬も行事が目白押し山焼き鬼追い万灯籠と

花火揚げ奈良公園の誕生日明治にできて百三十六歳

赤き蕾がピンクより赤へとうつりゆくナラノヤエザクラは清楚に咲けり

桜咲く平城京のウォーキング老若男女あまた歩けり　奈良ロータリークラブ

大安寺七重塔は高くして基壇大きく心礎を残す

「そらみつ」なる奈良の地ビール生まれたり古き大和を偲ぶがごとく

図書館

図書館に小谷先生の文明の短歌の本ありしばし読みたり

走り終え背中に入れしタオル抜く小学生の頃のなつかし

逝きし友のご子息の齢は三十六我も同じ頃父失いぬ　河野光敏さん

春風に観音様の腰辺り金の瓔珞《ようらく》揺らめきており　海龍王寺

ノボさん

子規のこと「ノボさん」と呼ぶ小説に時代を超えて子規は生きいる

九十二才の藤城清治の影絵展それぞれの作生き生きとせり

検定に不合格なる家永本あらたな心にいま読み返す

建物のあちこち修理を為しゆけば亡き祖父や父を我が思い出す

十輪院のザリガニ獲りし古池にいま蓮の花の静かに咲けり

杏のジャム

庭先に採りたる杏《あんず》をジャムにして妻手作りのヨーグルト食す

梟《フクロウ》をあまた集むる喫茶店わが商店街にようよう開く

夜景バスに若草山に登り来て静かに点る奈良の灯を見つ

新しきカメラ

新しきカメラ手に取る嬉しさに少年の日に還る思いす

夏の吉野に孫連れて行き蛇や蛙また牧場の羊に出会う

年に一度母校のプールに背泳ぎし少年にかえり夏空仰ぐ

同窓の我らと中学生相集い水泳大会に力尽くせり　奈良市民体育大会

亡き友の茶色の帽子が追悼の舞台にありて思い出尽きず　朝倉進さん

「いにしえの風」

都会より奈良に戻りて町かどで若者は歌う「いにしえの風」　氷置晋さん

地震ありし北や南の特産物集めて売りぬ奈良駅広場に

十二月に風鈴ふたつ買う人に英語で問えばマレーシアからと

奈良マラソン万のランナー走り抜け白き髭ある友見つからず

セコガニ　　平成二十九年（二〇一七年）

父の好みしセコガニ食べれば思い出す父世にあらば九十九歳

シベリアに父は二年余つながれしも生きて帰りて我生まれたり

奈良の古き写真展にて三条通に大仏担ぐ亡き父写る

カシミアの父の残ししコート着ればグレーの似合う齢となれり

門柱が二つ寄り添い戦後すぐ農場なりしを今に伝える　矢田民俗公園

よく燃えて山焼きの煤《すす》が飛び来たりわが店先の陳列台に

妻と行く広き陶器の見本市にわが店に置く品々選ぶ

息子らとオランダに買いしチューリップ十七年経ち今年も咲けり

両の手に孫の手つなぎ恵比寿社へ行けば金太郎飴に喜ぶ

鳥のごと

鳥のごと羽ばたきたいねもう齢と言わずに君も我もまだまだ　佐保川桜祭り

まほろばのソムリエと共に飛鳥路の古墳をたずね二万歩あるく

稲田英二さんらと

無残にも芝生荒れたる奈良公園イノシシ来たりて掘りし跡らし

奈良県の三十の蔵の地酒売る店にて友とたまたま会いぬ

ジビエなる鹿と猪のカレーふたつ味わう奈良の新しき食とて

「したした」と折口信夫『死者の書』を書きたりという當麻寺行く

葛城をすこし登りて見渡せば吉野の山は雪を被れり

ならまち遊歩

新しき「ならまち遊歩」の催しに外人客もそぞろに歩く

ならまちの古き町家の宵早く小鼓とピアノ響き合いたり　榊原明子さん

先輩の映画館閉じホテルへと転換したる自伝を読みぬ　中野重宏さん

「大還暦」は初めて知りたる言葉なり還暦の倍を生き抜くことと

八十八の師の歯は丈夫にてすべてあり我も歯磨き今日も欠かさず

「暮らしの手帖」

よく読みし「暮しの手帖」の戦時下のくらしの記録を祖母は残しぬ

「病ゆえ皆に会えるがわが力」友のたよりを皆に伝えん　石田順子さん

次々と病の友の話聞き不安のこころ共に鎮めん

ミスあれどお互い様となぐさめの言葉かけくる友のやさしさ

小松かおりさん

誕生日祝いのメールを励みとし日々を新たに元気に過さん

春日大社正遷宮に招かれて歩む参道に心清まる

東大寺湯屋の大きな鉄湯船重源様も使われしらし

もちいどの夢CUBE

町の名が「餅飯殿」ゆえ皆出て歌に合わせて餅を回しぬ　PRビデオ

商店街の起業家育てん「夢CUBE」施設を作り十年経ちぬ

起業家の三十人育ちて奈良の町に店を開きて明るくなりぬ

十周年記念行事の無事終えて酔いて帰りぬ法被《はっぴ》のままに

苦労せし商店街の十年のあゆみ集めて記念誌作る

全国紙にわが商店街が紹介され各地の友より励ましの声

読売新聞「地域力」

「夢ＣＵＢＥ」と名付けて若手起業家を集めて街に賑わい戻る

餅飯殿の奇跡と言わるる「夢ＣＵＢＥ」起業家育ち町のにぎわう

小谷先生の評
松森詠、奈良市の商店街「もちいどの」の振興の中心として奮闘した作者たちの一〇年の成果は「奇跡」とまでたたえられている。

中学高校同窓会

百年を超ゆる母校の同窓会はからずも我が会長となる　奈良女子大附中高

快慶作の仏像一堂に集めたる展覧会を二度めぐり観る　奈良国立博物館

新しき教科書とノートわが孫はひとつひとつを我に見せくる

松森晴香ちゃん

幼稚園に小学校にこの春は我の孫らはそれぞれ進む

わが娘書道を習いて三十年余いまだ続けて出展するらし

満開のあんずの花は自治会長無事終えたるを祝うが如し

「樹樹」閉店

二十年通いし路地の居酒屋は人楽しませいま閉じんとす

「当帰葉《トウキバ》」なる奈良の薬の生の葉を素麺に入れ夏を味わう

初めての大きなプールに休みつつ三百メートル何とか泳ぐ　スイムピア

何事も思うは自由と習いしが不可なりという共謀罪法成る

刑務所の役目を終えて門閉ざし次なる任務待つ煉瓦塀

土物の陶器

欧米でいま日本茶が流行し土物の陶器人気あるらし

写真見せゆっくり話して顔を見て留学生に奈良を語りぬ

奈良女子大学　サマー講座

香港で六十五以上は「長者」らし我ら越えぬと弟と笑う

路面電車にて

小谷先生著『明日香に来た歌人』

先生は九十を前に元気良く『明日香に来た歌人』上梓されたり

行基さんの話を聞きて現代語訳『続日本紀』に奈良時代追う

尾田栄章さんの講演

シーボルトの日本の古き良き品の里帰り展丁寧に見る

虫鳴きて星の瞬く大仏殿芸術祭の幕は開きぬ

秋晴れの大仏殿のそば行けばイノシシ注意の札の立てあり

奈良を撮る映像作家　保山耕一さん

奈良の美を映像に撮り奈良の良さ伝うる君の仕事讃えん

葉の先の膨らむ雫《しずく》みずみずし春日大社の森の映像

真夜中の春日大社にさだまさし神に向かいて歌を捧げる

名張《なばり》より納められたる韃靼《だったん》の檜のたいまつ木の香り立つ

野迫川より果無《はてなし》村まで歩き行く異国の人多しと宿の人言う

熊野古道小辺路

正倉院展　　平成二十九年度正倉院展短歌コンクール審査員特別賞

反古紙《ほごかみ》に書かれし戸籍葛飾の柴又と言ふ寅さん思ふ

年の瀬

マラソンの近づき道を走る人増えて紅葉のすすみゆく奈良

根岸なる子規庵に咲く葉鶏頭くしくも今日にて子規百五十歳

子規庵で文明先生の子規歌集見つけて求む生誕の日に

孫の歯も初めて抜けるか我の歯もついに抜けたりあと二十六本

ようやくに息子と我と商売の行く末語る日の近づきぬ

年賀状これからも出す決意こめ近況尋ね抱負を書かん

奥明日香　　平成三十年（二〇一八年）

奥明日香に裸の棚田訪ぬれば大きな案山子《かかし》年越えて立つ

男綱女綱青空に揺れ飛鳥川雪消の水の豊かに流る

奥明日香の展望のよき尾根の村入谷《にゅうだに》の道に雪の残れり

寒き日の博物館に我ひとり干支の発掘品を飽くまで眺む

橿原考古学研究所附属博物館

万葉集の短歌に曲が付けられて志貴皇子の歌「さわらび」さやか

飛鳥川野分の過ぎて水嵩の増せば岸辺の草花浸す

行基広場

駅広場の行基菩薩の足元に噴水の水つららとなれり

畑にて作りたる冬の野菜の束重きを歌会で翁に頂く　山口正志さん

ケニアにてアップに写しし額入りのヒョウの写真が友より届く　横田光夫さん

水彩画の個展開きし友囲み同級生とひさびさに酌む　脇阪俊博さん

妻作る健康ジュースのミキサーの音は元気に今朝も響きぬ

店の将来

帰り来て息子ようやくわが店を担いてみんと手伝い始む

帰り来しコンサルタントのわが息子数字示して効率語る

祖父より父われにと繋ぎし店をいま息子の改革せんと張り切る

あとを継ぐ息子と共に酒酌みて店のこれから熱く語りぬ

わが息子は胸の高さの大土瓶店先に据え看板にする

祖父買いし陶の大きな布袋様笑ってござる我が家の玄関

支店閉ずる割引セールに来し客は良き店なりしと惜しみてくれる

五十年長く使いしわが倉庫御神酒を撒きて労をねぎらう

この一年支店を閉めて片づけて新駐車場ようやく出来ぬ

この春も佐保川桜祭りのあんどんに掲げる短歌を投稿したり

佐保川の桜の下で和やかにあなたに逢いたいまた来年も

卒業の記念写真の築山にソメイヨシノの標準木立つ

奈良地方気象台の桜の標準木

この春は奈良と東京にての同窓会新会長われ壇上に立つ

柳汀会

ツツジ咲く母校に集う同窓会卒業生で食堂溢る

「はばたく商店街」

全国の「はばたく商店街三十選」に奈良市の中心市街地選ばる

奈良市中心市街地活性化研究会

商店街の人や店増えバブル以来公示の地価の二桁上がる

奈良の町優れた「はばたく商店街」と経産省で表彰を受く

小谷先生の評
松森詠、奈良の町がこの作者たちの努力で「奇跡」と言われるほど活性化に効果を挙げて経産省から表彰を受けた。

纏向遺跡

纏向《まきむく》の遺跡に杉の柱立ち三つの建物ありしを伝う

古き代の駒出土せし興福寺に羽生竜王の対局したり

興福寺中金堂は覆屋を少し外され威厳のぞかす

東京の博物館に法隆寺のあまたの仏像静かにおわす　東京国立博物館法隆寺館

「ふりむかないで　奈良市版」

作りたる「ふりむかないで」の替え歌は商店街にネットに流れる

百合かざし浴衣の列が踊り行く商店街に香り放ちて　ゆり祭

餅飯殿に賑やかさまた戻りぬと喜びてあなたは病に逝きぬ　石田順子さん

町歩き大阪天満の商店街を百の歌に詠む人に出会いぬ　高田ほのかさん

定点の観測のごとこの町の左右を見つめ変化を探る

秋篠寺

この日のみ汲まるる尊き井戸水を秋篠寺に並びいただく　六月六日

この日のみの秘仏公開雨なれど秋篠の道を友らと歩く　三宅努さんらと

まほろばのカルタ遊びに子ら集う札読む人は友の妻にて　川口充弘さん

「春日社の鹿は神の使いだ」とカルタ読みあぐ奈良の村にて

妻の歌うベートーベンの合唱を胸のうちにて我も歌いぬ

元興寺屋根裏見学

暑き日に元興寺の国宝の屋根裏深くヘルメットつけライトを照らす

元興寺の屋根裏見終え庭に出れば青き桔梗に夏の風吹く

古えより奈良に伝わる葛餅を夏を迎えて冷やしいただく

夕暮れに提灯吊るす奈良町を歩けば見ゆる静かな暮らし　ならまち遊歩

蚊帳の生地に映す映像懐かしく昭和の奈良が闇に浮かびぬ

災害多き夏

朝八時阪神大震災を思い出す書斎の棚の激しき揺れに　大阪北部地震

地震ゆえ飲食店は水濁り提供できぬと休む店あり

この暑さ命に係わると気象庁電気を使えクーラー使え

台風の爪痕残す奈良公園ケヤキねじれて激しく折れぬ

台風は奈良公園の木々倒し関西空港橋も壊しぬ

「雨ニモマケズ」

宮澤賢治の「雨ニモマケズ」の歌うたう老いて元気な男声合唱

五本指の放射状なる刑務所の監視所より連なる収容室を見る

元奈良少年刑務所

奈良奉行使いし古き牢獄が煉瓦刑務所にいまも佇む

春日野にナンバンギセルの花咲きぬ万葉集では思い草らし　万葉植物園

日の暮れて春日の杜をあかあかと母校の学園祭の花火は照らす

猿沢の池をめぐれる管弦船無事送り出しおぼろ月見る　采女祭

初めてのろくろをひける幼少女真剣な顔に土に対いぬ　松森咲希ちゃん

興福寺中金堂落慶

秋晴れに金の鴟尾光り興福寺中金堂は天平のごとし

散華舞い金の鴟尾光る興福寺三百年ぶりに中金堂建つ

興福寺の落慶法要に見上ぐれば秋空高く鴟尾は輝く

行基さん千三百五十歳の感謝祭飛火野にあまたのランタン舞いぬ

海潜り辺野古撮りたる写真展美しき海に珊瑚残さん

小谷先生との別れ

朝刊に先生の歌載りし朝先生逝きぬと悲しき知らせ　十月十八日

小谷先生の大極殿の歌思いてススキのなびく宮跡に立つ

昨年の秋正倉院展に出会いたる先生ご夫妻に今年は会えず

追悼　小谷稔先生　　平成三十一年・令和元年（二〇一九年）

拠り所なき喪失の日々小谷先生亡きあとわれに歌の浮かばず

思いたち「新アララギ」を三年分読み通したり進みゆかむと

同窓会誌に小谷先生を偲ぶ文に友は若き日をありありと書く

我が書きし小谷先生を偲ぶ文「新アララギ」に有り難く載る

雨上がりて令和の初日平城の宮跡広く新緑まぶし

大極殿の風鐸光る令和の朝小谷先生の歌偲ばるる

君は写生をいまだ解っていないと先生より文明先師の文が届きぬ

『新短歌入門』

小谷先生に賜りし『再誕』に恵存とあり今読み返す

歌づくり遅く始めしわれのことを小谷先生君は若手と言いてくれにき

法螺貝

法螺貝《ほらがい》の響く銀座の大ホールに奈良がテーマのシンポジウム開く

旧き友の古希の手習い「杜若《かきつばた》」を初めて謡うを行きて聞かんか

伊東承平さん

令和なる元号にまだ馴染まぬが便乗の品つぎつぎ出でぬ

佐保川の桜がつなぐ人と人今年の春も元気に会おう

「つなぐ」テーマの桜祭り

宿泊の施設の少なき奈良なればホテルの工事今したけなわ

上海旅行

ぶらり来て歩きに歩き上海の町の変化をじっくりと見る

周荘なる水郷の古き町行けば小さき店に人の群がる

水郷に暮らせる女《おみな》ら船の艪《ろ》を巧みに漕ぎて家並みを縫いぬ

白きドレス

卒業式に袴の多き女子高生白きドレスのひとり輝く

子どもらと奈良大学に歌作りカルタ遊びてひと日学びぬ　子どもソムリエ

留守番のふたりの孫とトランプをしおれば我が遊ばれ負くる

ビルの屋上縄跳びをする孫二人五重塔も夕陽に光る

商店街

寂れゆくシャッターの街多けれどわが商店街は元気と言わる

七年余起業家の館担いしが契約終えて奈良市に返す

きらっ都奈良

役目終え「まちづくり奈良」は解散せん若き人らにバトンをつなぐ

『奈良百寺巡礼』

手分けして我も書きたる奈良の寺の案内の本書店に並ぶ

奈良の案内の本地元書店の新書のトップに売れて嬉しき

シャクナゲの香る室生寺よろい坂夜行バスにて友は来たりぬ

ならまちに旧き友らと宿とればあたかも我も奈良への旅人　旅館　松前

ガイドの名札つけ案内する奈良の町平城宮跡古き寺々

歩いたり車に乗りて奈良の町古きを訪ね今を語りぬ

君逝きて我れ紀伊子と鹿鳴集八一の歌をひたすら読みぬ

八月十四日服部正博さん急逝

小谷稔先生とわたし

一九六五年四月。大阪の四條畷高校から奈良女子大学附属高校へ赴任されたばかりの小谷先生に国語の授業で初めてお会いしました。情熱のほとばしる授業でした。国語がとても好きになる授業でした。授業でみんな短歌や俳句や詩にも挑戦させてもらいました。先生は精悍な三十七歳の青年教師でした。

二〇〇九年八月。小谷先生が毎日新聞「やまと歌壇」の選者に登場されました。長年ご無沙汰でしたが、お手紙を書き、短歌を投稿しました。添削され掲載されました。

わが奈良の「もてなし」謳う黄の幟しみじみ見つと旧師のメール

小谷先生の選者の評は、「松森詠、奈良の街角にたつ「しみじみと感じる奈良のおもてなし」というのぼりは商店街振興に努める標語の作者の歌。古都にふさわしい標語が復活させた旧師との交わり」という有難いものでした。

二〇一〇年。先生と再会しました。ちょうど、歌集『再誕』を上梓された時でした。ふたりは時を忘れて語りに語り合いました。

『短歌現代』四月号の「歌人日乗」の先生が書かれた文です。「一月九日(土)高校教師時代の生徒であった松森君からわたしの歌集を読んだというメールが来た。彼は早稲田大学の商学部をでているが家業を継いで地元奈良の商店街振興のリーダーとして奮闘している。その彼が短歌を作るようになった。短歌とはまったく無縁な人間が私とのかすかな縁で短歌に親しむことになったことはうれしい。彼は高校の同級生のメール網に随時メールを流しているので私の歌もよく流してくれている。メールなど私には縁遠いものと思っていたが意外なところで恩恵を受けている。」

奈良は遷都一三〇〇年で大いに盛り上がりました。先生の巧みな指導を受けてわたしも毎週のようにやまと歌壇に投稿しました。

そのころ同窓会に先生もご出席いただきました。先生のお歌。

還暦を過ぎたる今は時のゆとり心のゆとり友とのゆとり

つかの間に十代去れどつかの間に十代戻る友と集へば

わが脳の血管は六十代と医師の言ふしからば君らと何を競はむ

やまと歌壇には同窓の中井郁子さん、水野恵理子さんも投稿、田村英一君が透徹した短歌を投稿され、小松かおりさんも大阪から投稿されました。「やまと歌壇附属支部」と勝手に名前をつけて投稿を楽しみました。また、先生の誕生日や秋の正倉院展の頃に小谷先生を囲む会も開きました。歌人の猪股静弥先生のお嬢さんの同窓の川嶌一穂さんも参加されました

二〇一三年ごろ、『新アララギ』を単に読んでいるだけでなく、投稿しなさいとお手紙が来ましたので投稿を始めました。

戯れに道具取り出し新聞紙に亡き父真似て筆にて遊ぶ

二〇一四年四月二七日好天の日に、先生と生徒の中井さん水野さんとわたしの三人は明日香に吟行に連れていただきました。甘樫の丘に登り、飛鳥の宮跡を歩き、祝戸荘で天平のころの食事をし、万葉文化館、酒舟石、飛鳥寺と先生のお話を聞きながらのとても楽しい吟行でした。途中われわれ生徒を椅子に座らせ、先生は立ったままお話になりました。また先生は健脚でした。飛鳥にとてもくわしく感動しました。

古代米濁れる酒にアワビ食べ吾らもしばし飛鳥の貴人

先生の評、「松森詠、古都奈良にこだわったメニューがゆかしい。飛鳥期の貴人の食味はどうですか」と。他のふたりのその時の短歌も掲載されました。

二〇一五年。先生から、「自分ひとりでやっていては成長がみられない、生駒で歌会をしているから来たらどうですか」というお手紙が来ました。ちょうど先生が心臓や喉の手術を受けられたあとでしょうか。先生の指導は丁寧で、ときに文法的なことをくわしく説明されたり、土屋文明の歌や万葉集などの歌も紹介されるというものです。花や植物など話題も豊富でした。

そして生駒歌会のメンバーがお世話係をして、全国から七〇名ほど集まる大規模な明日香特別歌会が開かれ、先生に加えて東京から雁部貞夫先生や倉林美千子先生が選者としてお見えになり、たいへん勉強になりました。

二〇一七年正倉院展の大混雑の中、先生と奥様に偶然出会いました。短歌を正倉院展の短歌コンクールに投稿をしたところ審査員特別賞をいただきました。先生から「りっぱな賞をもらったね」とほめていただきました。

読売新聞の全国版でも写真入りで紹介されました。

反故紙《ほごがみ》に書かれし戸籍葛飾の柴又と言ふ寅さん思ふ

二〇一八年八月二三日には先生が二〇年くらい毎月されている万葉集の公開講座がありました。先生は九〇分間立ちっぱなしで鰻や家持の歌などを解説されとてもお元気な様子にお見受けしました。

ところが先生は九月天理よろず相談所病院に入院され、一週間くらいで退院され自宅療養されました。腎臓透析さえすれば元気になられると思いました。先生も十月二九日の明日香特別歌会は行かねばと療養されていると聞きました。

一〇月一八日。毎木曜日の毎日新聞やまと歌壇が掲載されました。先生の選者の一首。

薬剤の副作用にて喉渇きふるさとの天然水ひたすら恋し

やまと歌壇を毎週、同級生メール網や友人にメールで送るのを常としているわたしが朝みんなにメールを送った矢先でした。松林陽子さんから、「小谷先生が真夜中の一二時五〇分に亡くなられた」という訃報を聞きました。我が耳を疑い、ほんとうに信じられませんでした。先生の師の土屋文明氏のように一〇〇歳までご指導いただけると思っていました。友人に先生の逝去を伝え、お互いに驚き嘆くばかりでした。

すっかり力を落としたのですが、昼から先生のご自宅に弔問に行きました。座敷では眠るように布団に休まれ、病気もされていないようなふだんの元気な様子の小谷先生のお姿にお会いしました。

奥様とご子息とお嬢様のお話を伺いました。急に体力が落ちたそうです。直接には腎不全ですが、実は数年前に骨髄腫だと言われたそうです。九〇歳になったから、もう歌会などやめて、ほかの人に代わってもらったらどうですかと奥様は言われたのですが、歌だけやめるわけにいかないと小谷先生は言われたそうです。根っから短歌がやりがい、生きがいだったのでしょうと奥様は言われました。

ご自宅近くのセレミューズ秋篠で葬儀が盛大に行われました。多くの人に慕われた小谷先生はご家族や多くの人々に見送られました。

小谷先生、長い間ほんとうにありがとうございました。

二〇一八年十月

松　森　重　博

（『新アララギ』二〇一九年三月号掲載文より）

あとがき

このたび、歌集「大和まほろば」を出版することになりました。思いもかけなかったことで、感慨深いものがあります。

私は昭和二十三年（一九四八年）奈良市に生まれ、奈良の町と奈良公園を遊び場に育ちました。奈良女子大学附属小学校や附属中学高校を充実して過ごしました。そして、何とか奈良を飛び出したいと思うようになりました。家族の了解を得て高校卒業と同時に東京に出ました。予備校―早稲田大学―陶器問屋での修業の計八年間を過ごして、一九七五年、明治四年から続けている家業に五代目として奈良に帰りました。陶器販売などの仕事の傍ら、もちいどのセンター街はじめ地元の商業者の多くの友人たちと奈良市中心市街地の活性化のために取り組んできました。また奈良青年会議所や奈良市異業種交流塾などを経て、奈良ロータリークラブなどにも参加しています。また仕事では全国の陶器専門店の集まりである百撰会にも参加し、三十年近く、東京浅草の本部に通いました。

若い頃はのんびりしていてゆるやかに感じていた「奈良」ですが、年齢と共に、古い歴史と深い文化のある「奈良」は他では得がたい素晴らしいところであると感じ始めました。また奈良検定の最上級、奈良まほろばソムリエにも挑戦して奈良市だけでなく奈良県のあちこちを機会あるごとに訪ねました。

そうした折、二〇〇九年秋毎日新聞やまと歌壇の選者として、私の高校時代に熱意あふれる国語をご指導いただいた小谷稔先生に再びお会いすることが出来ました。わたしもそれまでブログを書いたりしていましたが、短歌は初めての取り組みでした。小谷先生の「日頃の生活のちょっとしたことでも良いから短歌を」という指導を受け始めました。小谷先生の「老け込んではいけない。還暦を過ぎたからといって老け込んではいけない。まだまだ若い。後期青年期だよ」「松森君は短歌を始めたのが遅いから、若手だ」「短歌は報告ではいけない。もっと写生を。もっと具体的に」などの言われた言葉が印象に残っています。

ほぼ毎週やまと歌壇に投稿しほぼ毎月のように新聞に載りました。その後、小谷先生も選者であり全国から投稿されている「新アララギ」誌にも投稿して載るようになりました。そんな日々でしたが、残念ながら最後まで現役で活躍されていた小谷先生は二〇一八年十月に九十歳でお亡くなりになりました。私も一時短歌を続けられるかどうか案じておりましたが、新アララギの先生方や生駒歌会の皆さんや友人にも励ましていただき何とか短歌を続けようと思っています。

短歌を作り始めてちょうど十年。小谷先生の昨年夏言い残された強い勧めでこの夏の新アララギの東京での全国歌会にも初めて参加できました。そこでこの機会に、一冊の歌集としてまとめることにしました。歌集にまとめるに際しては、生駒歌会の小松昶先生にたいへんお世話になりました。それまで旧かなづかいと新かなづかいが混在していましたのでご指導を受けてこの歌集では、新かなづかいにしました。いままで採用された短歌は五〇〇首を越しましたが、この歌集には四九五首を載せました。

また万葉学者としてご活躍の有名な奈良大学教授　上野誠先生には二十数年来、いろいろな勉強会や講演会、万葉オペラなどでお世話になっています。このたびは的確なアドバイスをいただき、また身に余る序文も書いていただきました。あつく御礼申し上げます。

　また題字は奈良の書家、桃蹊、柳井尚美さんにすばらしい字を書いていただくことができました。

　印刷出版にあたっては地元の出版社である京阪奈情報教育出版の住田幸一社長にたいへんお世話になりました。ほんとうに多くのみなさまにお世話になりました。あつく御礼申し上げます。

　そしてこの歌集「大和まほろば」を、私を短歌に導いてくださった小谷稔先生、会津八一研究家であり大学以来の友である服部正博君、そして先人、祖父母や父母、家族に捧げます。

令和元年（二〇一九年）采女祭の日に

松森重博

奈良もちいどのセンター街　器まつもりにて

著者略歴

松森重博

1948年奈良市生まれ。奈良女子大学附属中学高校を経て早稲田大学商学部卒業、東京で修業したのち1975年奈良に帰り株式会社まつもり入社。1984年より株式会社まつもり社長。2009年奈良市商店街振興会のおもてなし標語コンテストで奈良市長賞を受賞。2009年毎日新聞やまと歌壇に初入選。以後高校時代の恩師の小谷稔先生の指導を受ける。2013年「新アララギ」に初入選。2015年より新アララギ生駒歌会に入会。2017年度正倉院展短歌コンクールで審査員特別賞を受賞した。ブログ「鹿鳴人のつぶやき」。http://narabito.cocolog-nifty.com/blog 現在、奈良もちいどのセンター街理事長。奈良まほろばソムリエの会理事などを務める。

連絡先　〒六三〇－八二一七　奈良市橋本町31
株式会社まつもり
メールアドレス　QYC04615@nifty.com

歌集　大和まほろば

二〇一九年一〇月十一日初版発行

著　者　松森重博

発行所　京阪奈情報教育出版株式会社
奈良県西木辻町一三九番地の六（〒六三〇－八三二五）
narahon.com

印　刷　共同プリント株式会社